明光河

李森 著

山西出版传媒集团 北岳文艺出版社

·太原·

图书在版编目（CIP）数据

明光河 / 李森著 . —太原：北岳文艺出版社，2022.8

ISBN 978-7-5378-6595-1

Ⅰ . ①明… Ⅱ . ①李… Ⅲ . ①诗集—中国—当代 Ⅳ . ① I227

中国版本图书馆 CIP 数据核字（2022）第 138618 号

明光河

李森 / 著

//

出品人
郭文礼

选题策划
贾江涛

责任编辑
贾江涛

书籍设计
张永文

印装监制
郭　勇

出版发行：山西出版传媒集团 · 北岳文艺出版社

地址：山西省太原市并州南路 57 号　邮编：030012

电话：0351-5628696（发行部）　0351-5628688（总编室）

经销商：新华书店

印刷装订：山西人民印刷有限责任公司

开本：787mm × 1092mm　1/32

字数：180 千字

印张：9.375

版次：2022 年 8 月第 1 版

印次：2022 年 8 月山西第 1 次印刷

书号：ISBN 978-7-5378-6595-1

定价：59.80 元

无端诗－蕴的绵延

1. 当一个词找到了诗－蕴生发的位点，犹如一朵花此时在枝头开显，这个词就离我远去，进入它自在的一种生命的绵延（柏格森）；当《明光河》的任何一个词找到了它的诗－蕴位点，它就离这条河和我远去，去创造它的生命能量，繁殖并绵延它的诗－蕴。此时，我与《明光河》这首诗的距离，与明光河风物的距离，和任何一位读者离它们的距离一样，都是遥远的一种语言关系。因此，当我面对明光河风物和《明光河》的时候，我也只是一个个诗－蕴生发的位点，一个个诗－蕴能量不断漂移、转换的词藻。

2. 没有本体的诗这种东西，只有诗－蕴的生发。但人们可以假设诗这个概念，作为讨论诗－蕴生发的方便之门。因此，所谓诗是一种无端的语言假设，一个处于绵延、随机状态的动词幻象。

3. 诗－蕴，一个动词，一个漂移迁流的谓述，一种语言的能量幻象，而不是一个凝固不变的概念，它也不生成新的概念。诗－蕴不指向具体的概念性知识，无关乎逻辑判断和理性结构。理性是逻辑演绎系统，是一种超自然思考和人为的逻辑判断模式，而诗－蕴的生发，则是一种直观、直觉的自然观看，一种自由自在的个体情感和个体精神能量的风华律动。没有超越直观、直觉的整体性、本质性的诗－蕴那种东西。

4. 有两种诗：一种是直观而直觉的诗；另一种是“讲道理”的诗。《明光河》是前一种诗。讲道理的诗大行其道，因为这种诗能通过概念或观念的凝聚裹挟某种道理，以便于评论和传播。而《明光河》这样的诗不可能通过主题、题材、故事和与某个道理相互绑架来传播其诗－蕴。《明光河》不可能被教科书中那种“长诗”、结构、主题之类的概念范畴绑架。它是一种移动观看，一种物我两忘后的直观瞬间开显。《明光河》中的万物没有概念或观念的背书目的和归宿，它是诗法自然而非自然法诗。

5.《明光河》的写作不受文学进步论的影响，不属于古典主义、现代性、后现代性的范畴论写作。文学范畴论的写作都是逻辑主义的写作，属于文学史话语、文学批评话语统一性规约的系统。具体的诗－蕴生发，是另外一回事。

6. 诗－蕴生发是无端的。任何语词的能量爆发和绵延都能蕴发崭新的诗－蕴。没有任何语词属于哪家流派或哪种代际写作范畴。具体、直观、清晰、自由自在的诗－蕴生发，即自然而然的风春万物，一叶秀展，千峰葱茏。《明光河》不能生成如是诗－蕴，惭愧之至。

2022 年 8 月 8 日

目录

第一歌丨序曲

一　春红

又一个立春的早晨
一匹马牵着一轮残月
在村庄里遁去

明光河边的泥团里
太阳破壳而出
河里的红马在梳洗马鬃

原野沿河岸隆起高山
天庭的第一炉银光在群峰之上浇注

云团在山腰缤纷迸裂
河水在谷底呼风唤雨

果树立在坡头向阳
瓣瓣花红凌空

一群鸟撞开玻窗
用肉身向炊烟投掷

一团柴火在地下燃烧
黑泥丸和白卵石热气蒸腾

河流的源头
红鱼在舔雪峰
雪峰尖顶鼓胀起来

山梁上，祖母在种荞
红麋鹿在林间与松球梦游

二　听春

忽闻鼓声，明光河
演奏着暴风和雪崩

于是，明光镇的春天
田里奔跑的洋芋
与麻石砰砰撞击

春风过冈
吹过发热的牛背
铁青的羊角

卿云飞渡
云彩撒满田地
蔚蓝的穹顶充盈着水

山谷里，云团向河床汲水
卵石向天空漂移

从村寨向外听
泡影在水井和泉眼里咕噜
从田野向村寨听
门臼学纺车吱吱缠绕

三　绿夏

几个闷雷砸在河里
河还在流

蛙声与磨盘交谈
绿色黏住磨房

杨柳在河边安静下来
像听见果实
其实没有果实

盛夏堆绿为山
而绿中一无所有

轰响的河面
漩涡如日晷出水
其实没有日晷

四　秋焚

倾盆的秋雨过后
晃悠的漂木
在河面举起来

葵花低垂处
一堆堆黄玉米
粒粒饱满

秋风马瘦
一团团红影
从田野飞向群峰

穿过云层的光柱
插在山坳
缓慢移动的山丘
在黄昏变青

晚霞和谷草同时燃过
夜和梦是火灰

五 冬空

冰蓝之冬
白帐挂在空天

几座山
同时弹奏河床
弹着落叶的光斑

红云风车
在山顶抖动
吐出矿石

缓缓陷落的深谷
白练在飞
牛铃灌满寒风

火塘彤红
茶炊盖敲响钹
茶罐想跃起

寨子的青瓦
翻过屋脊
明月之眼噙着泪

第二歌 | 滥觞

六　那座山

那座山峰
旋转着绿焰

磅礴的影子
一堆铁渣

山脊堆满盐块
茭白滴着水

山南的水坑
吐出泡沫

摇晃的锥体
收起安静的车轮

七　第一滴水

夜的尸布
裹着浑圆的山包

星星入谷
墓碑后的祖母
听见光团

清早山高
河吹出鱼漂

正午山底
鹰来人间
一个青布包袱

星星滴下
第一滴水
潮湿的物种

星星吹出满坡铜锈
又蕴出桃花

八　第一注水

光芒陷落水槽
雾在饮马

满湖腐木
生出黑亮蝙蝠
红光蜥蜴

风乍起
天上的风箱
飞出草籽
放出琥珀蝌蚪

四围山崖
松叶穿着针眼
松球龇开

水洼向天空抛出
雷环和雨网

九　山间湖

一床床火红的枕席
在漩涡上漂移着
撞到湖岸

水鸟的影子
失去了肉身

湖里烧起火堆
漩涡升起照亮山谷

十　日月

太阳出山
野百合闪亮
一群农人过河

一个庭院烘暖
地里的洋芋

一瓣阳光
在野葫芦里舔

一园葵花
种一园玉麦
南瓜翻过篱笆

太阳下山
在鸡窝里孵蛋

又是月亮
在水缸出浴

十一　银光雨

山后银光如雨
一群白马
挤在矿洞里嘶鸣

祖母的马圈
没有马
老马在天堂奋蹄

祖母的簸箕里
没有荞麦
筛子没有米粒

那一日
祖母在山坡睡去
火红的野果醒来

第三歌 | 山水谣

十二　玄铁

山背后，一片漆黑
满谷的玄铁撞出火星

锄头在荞地列队投影
红马掌在古道深陷辽阔

玄铁搀着风挨户敲门
斧头和砍柴刀
在屋檐下生锈

山后谷深
那个巨人的胸腔
向山前的铁匠铺吹来狂风

十三　山背后

山背后的高空
火苗在焚烧天梯
铁屑噼啪炸响

天梯顶端
黑豹自我焚毁
红漩涡散去

祖母顶着白头巾
在菜园里除草
青蛙在瓜棚下蹬腿

山背后的高空
堆满海螺，没有天梯

十四　谷黄

山冈没有歌
只有苍青流淌
牛羊迎风攀登

山后，天如铁幕
山下涌泉
水声穿过万亩谷黄

谷黄卷走
土地的被褥
卷走口袋和箩筐

十五 鹰府

山路盘旋到高山之高
顶端是鹰府

死亡的门槛
兽骨发白
卵石如棉

群鹰端坐如仪
鸟喙如刀
眼神凝霜

鹰府在黑夜隆起
在白昼吹散

傍晚
鹰府像收割机
开过山顶
烟管吐出一堆红霞

十六　北斗

洪荒夜
明光河逶迤向北

银蛇信子
舔亮七颗星
长空如昼

磁铁树冠
吸附七颗星
降临河岸

村寨的灯飞来
如一条星云

十七　太阳雨

飞鸟连天，大理石在远空滴水
太阳在田间纺织，麻石线团蹦跳

明光河上空挂满了浆洗的布匹
弟弟的坟茔仰起头呼号
一只大雁在雨帘背后失声

长虹的拱门在河流两岸立起来
弟弟在坟山养的白鹤
如一封书信穿越人间

太阳雨，卿云穿过闪电
两座山脉在垂天雨帘的两边停靠

第四歌 | 两座山

十八　两座山

东山冒出云海，举着灯笼
西山仰卧，头枕一块飘拂的蓝布

一蓬蓬茅草，追着一辆马车
驶过两山之间。光的绳索
牵着一支支翻土的犁头

田地里奔跑着流连之影
先人破土而出，穿着蓑衣薅草
飓风又吹燃天上的荒火

十九　红脚迹

巨大的红脚迹踩着屋顶飞上树梢
发胀的喉咙咕咕喷出热泉，冰封的天空碎裂

东山在颂歌中渐渐变矮
青翠的树叶，在肺叶里扑闪

石头从山顶匍匐到河底安睡
破壳的鸟蛋摇晃而来，隐身花下

二十　西坡

早晨。村民挑着荞种登上西坡
播种的影子掠过蜡黄的人脸

傍晚。村民挑着柴火下坡
影子弹出一撮撮灰土
马缨花下山，暮色升起一座孤岛

二十一　两个鼓点

天空，淡蓝深渊开出一列蒸汽机车
里面传出打鼓的声音——形象造物的时刻

东山与西山，两个鼓点，两只水母
拖着巨大的披风。柴火冒出青烟

二十二　谷仓山

一条河自我抽打，然后翻身飞行。
雨浇灌屋脊，亮瓦层叠出山。

大鱼翻滚，光的符咒奔泻。
两只音箱，谷仓裹着帆布隐入天际

二十三　肉山

山峦，毛茸茸的肉。蕴蓄植物的机器。
山顶吐雾，林涛隐隐轰响。
山脚的陌生人抬头，杉树把坚守钉入云层。
伐木声将云影吸走。
树消失之前，在一台抖动的机器中自我赞美。

第五歌 | 黑云

二十四　黑云

来自西伯利亚的灰铁
踩着高山，又陷入虚冲

沾着冰霰的脚板踏过
山顶闪耀

高大的松树
向山凹的栗树招手

麃子向山脚的水牛走去
一切在走向神圣的途中

二十五　夜已深

夜已深。突然
天上鼓声震天

黑云紧抱着山
桥在河上徘徊

河西的木屋
给河东的椽子递去瓦片

逃出黑云的月牙
给河西的镰刀送去温情

夜已深，火摸着灶膛
蜜蜂在蜂箱守着蜜汁

二十六　欢喜

黑云在山顶孵育着雏鹰
它得到了一堆矿石

黑云在明光河掠过波浪
河面飞出彩衣水鸟

黑云在山谷里自我消融
它给一群鹦哥抹上绿铜

黑云给半枯的水库注水
寨子里的水瓢在水边喂鱼

黑云在明光河上空来回翻滚
鱼和鸟在季风中跳舞

二十七　磷火

黄昏。黑云点燃磷火
攀援峭壁
一队坟茔匍匐跟随

磷火飘摇如灯
蝙蝠如飞蛾来回扑火

一轮圆月破壳而出
夜空点着史前的火堆
一双双茫然的眼睛

二十八　凌晨

黑云追着钟声远去
几颗星星在树上张望

天空滴水。一块磨石
浮出河面。打磨太阳

街市上，一筐土豆
找寻自己丢失的脸庞

第六歌 | 石壁

二十九　咒语

白日下，石壁静穆而立
一张长脸。古旧

没有眼睛
咒语在里面敲门

明月夜，石壁静穆而立
一个胸膛。孤绝

缤纷的鱼鳞
从波纹飘来，飘来

三十　交谈

明光河磨亮镜子
与天空交谈
白云如蜥蜴破镜而出

蓝涂抹镜子
果园里的桃花想进去

桃花没有进入
咒语，挤出石壁

三十一　小庙

尖山半腰：一座小庙
夜已深。青石台阶
挤满了沾着泥土的星星

水茸茸的星星
从吹奏着的竹管中飘来

灶房里的星星
从舂米的石碓中脱壳而出

三十二　企鹅石

月光黄了。石壁如一只企鹅
直立着。茸毛浮动

它怀着一只蛋，想在天亮时分娩
给它受孕的是水中的启明星

高天寂静无声
一只彤红的蛋，向着北方的雪地飞去

三十三　铜钟

傍晚。彩云在石壁上空燃烧
一只自毁的铜钟在炉中熔解
河里堆满了斑斓的熔渣

音符和旋律
在浪上翻滚，在树林里穿梭

三十四　瓜果

石壁在夜空中节节上升
到达天顶，结满明亮的瓜果

星空下，明光河
也像一根深灰的瓜藤
结满醉卧春风的响雷

菜园中，黄花狂舞
寨子里晦暗的灯光打着节拍

第七歌 | 图绘文字

三十五　山洞

高山如哑默的洪钟
罩着深渊

峭壁上。山洞
嘟圆嘴唇反刍野草

一群羚羊路过
填满正午的阴影

深夜。月牙停在洞口
敲响洪钟

三十六　蓑衣

燕子低飞
蓑衣方队弯腰插秧
看不见人脸

土地绿锈斑斓
蓑衣方队踩着高跷过河
人脸浮出水面

三十七　天书

暴风吹出一涧风景
休眠河底

涧中彗星尾巴
弄响河水鼓钹

竹园卧着风车
笋叶剥落

山坳的鼓撕裂
光芒的波涛涌出

三十八　坟场

大树下。蓬蓬衣衫
扶风而飞
鹦鹉在树头发绿

树林里的坟场
青花瓷耀眼

白光磨洗碑文
玉麦和葵花眩晕

三十九　木棉

三月。木棉在西天焚烧
山峦堆满冷灰

九月。草木向西席卷
石头裹入影子

一月。木棉从河里出来
走向幽暗的窗口

四十　文字

蝌蚪，陨石碎片
游入水底

果子游上树枝

大海和天空
在远方唇齿相依

第八歌 | 峡谷

四十一　公鸡

燕王家里，公鸡吹奏日红
迎来一地桃花

花红满天
天空烧红一串清脆的铃铛
公鸡的喙挂着血丝

云影翻滚，烈火吹入河水
波浪泛起一堆呜咽

四十二 篱笆

日出东南。篱笆墙内
缪斯妹妹在鱼塘边种瓜

云鼓追赶云钹
太阳在水草间喝水

山凹里，黑土蒸腾
篱笆绕鱼塘转圈。只见瓜果

四十三　土豆

山间小路上，草花正白
土豆驱使着箩筐奔跑

小路尽头：闹市
紫色土豆慢慢踩起秤砣

四十四　峡谷

两座山在峡谷划桨
其他山旋转着尾随而去

一根湿漉漉的扁担
沾满萤火虫

四十五　红石

山顶在打雷
七星瓢虫像火星子燃尽

天上红石弹跳
穿越黑洞，带来暖流

四十六　圆锯

蓝在染天，水在磨石
河边，圆锯吐出晶亮的木屑

绿溢出泥土
圆锯在雪峰顶旋转着破冰

月越过山冈
圆锯钻进铁匠房打磨齿轮

第九歌丨火垄

四十七　炭火

这是夜。火垄里的炭火噼啪作响
火苗荒凉

火光照见一堆面孔
亮得无助的眼睛

取暖的山人
突然老去

四十八　荞粑粑

夜被火烟烁黑
荞苗的白花凋谢

烧熟的荞粑粑
在火垄边撇成瓣分食

星空翻着胃液
星河蠕动如蟒

四十九　茶炊

茶炊敲响盖子
寨人在火垄边向火

星宿蛇游而来
在瓦屋顶盘圈

茶炊尾巴在门外摇晃
热气在院子里化蝶

水瓢去缸里舀水

五十　药罐

火垄里，药罐敲响
祖母的愁容

一碗药汤
约祖母去追夕阳

药罐在门外遁土
祖母不知去向

五十一　柴火

季风穿花而来
停在风箱里

柴火在炉灶里
烧红生铁

树墩哞哞叫喊
斧头和砍刀落荒而逃

第十歌 | 燕王来时

五十二　燕王来时

燕王来时，太阳呼啸而出
时间之父相约空间之母
已经产下石头和泥土

高山之父牵着长河之母
已经产下牛羊马群

绿光纤手在沟壑里纺织青布
白光巨斧在门前劈柴
粉红在天上种桃

太阳红呼啸上天
春光蓝在高坡种荞
春光白在河边磨着铁钎
春光翠坠子渡河而来

燕王来时，太阳呼啸下山
春光黄在修剪灯芯
“天地君亲师”五位乐师
端坐堂屋，吹响牧笛

五十三　夤夜

一面新月
从尖山下来饮水
种下梨花

一夜梦境
水田种满流星的芒刺

一阵清风
送走一群人
一个是燕子封的王

五十四　风，虹

风吹大山
山脊空着宝座

风吹废弃的碾锤
它立起滚动

风吹燕子
燕子凌空放生

长虹蚂蝗
咬着河神的额头

五十五　权杖

太阳的金权杖
插在田间
山凹溢出红光

瓷器的裂纹
跟随黄牛的号角
涌进河流

权杖插在小镇
树影排箫对风吹奏

五十六　白日当空

迷宫里，农人掼谷子
稻草人跳裙舞

红色拖拉机满载公粮
喷烟

山外来的马路
像条铰链拖过田野

第十一歌 | 山坡羊

五十七　春谣

春来一片云，落花生成羊
咩咩之声溢山坡

春来一缕光，流影抟成羊
大树结满银铃铛

春来一夜星，天亮圈成羊
石头翻山越岭亡

春来一道虹，吐出一群羊
墨绿大海竖高墙

五十八　羊角

山坡羊，山坡羊
头顶两把弯刀，迎风变黑

山坡羊，山坡羊
曾梦寂寥山上月
羊角弯曲在山梁

山坡羊，山坡羊
曾吹翻墙夜里风
羊角迷失在星空

五十九　目送

目送夕阳到山阿
羊从芳草回到音箱

目送大雁到山尖
羊沉入箫声的暗处

目送桃花到渡口
羊转身隐入粉红

目送谷禾出田坝
羊回到圈里繁殖

六十　牧羊

日出地，羊登山
日落天，羊回圈

羊穿越马缨花
每棵树卧着一头红兽

羊穿越天空棉田
村寨鸡犬相闻

羊丢失了翅膀
长出了胡须

在明光河谷
红兽从东山飞往西山

六十一　黑白羊

两只羊并排站在村口
一只白羊，一只黑羊，信使与诺言

两只羊并排离开井边
黑白两堆火烟，凌空散尽

苍天，两只羊
并排驾着纸糊马车击鼓
陷入黑云泥淖，燃烧

六十二　梦游

疯狂浮动的青草和树叶之下
羊的头骨梦游归来

闷雷拔掉夜空的铁钉
漫山的黑白卵石匍匐登顶

月破云而出，关山洒满了盐粒
明光河渡口，漩涡露出羊角

第十二歌 | 犁和耙

六十三　犁地

春风把犁插入红土
两头黄牛倒退靠近犁弯

春风把牛担架在牛肩
两座山搭着一条白练

春梦里，一束天光照着两头黄牛
一支犁从河谷犁到山尖
一群八哥拍打着翅膀移动天光

松球满地，黄花满坡
犁沟热气蒸腾

浪尖在牛身发痒
犁铧在坡上遇见云中的石头

六十四　回乡

谷穗低头的时刻
一支犁
靠在篱笆墙脚
自我弯曲

犁头的光斑
比黄花荒凉

缪斯妹妹的牛圈里
牛铃胀得彤红

六十五　犁歌

一块寂静的铸铁在夜里自我蚕食
它是那个废弃的犁头

一块喧嚣的铸铁在屋檐下锈迹斑斓
它是披挂着铜彩和银灰的犁头

铁匠房里的一块铸铁
金把它献给木
木把它献给火
火把它献给水
水把它献给土
土把它献给风和雨

六十六　一副耙

锃亮的耙齿扎进水田
沧浪之水从四面卷风涌来

水天一色。布谷鸟
在一块巨大的玛瑙中唱歌

大理石的碎片
又在原野相会

六十七　耙歌

一副耙乘着谷风飘落
恐龙的两排牙齿

它在梯田边擦痒
然后吞食蕨叶

那天，它在峡谷低空飞行
鹅目瞪口呆，鸭子潜水躲避

它安静。挂在屋壁
垂下一根尾巴
一条柔软的长鞭

它锈红。齿刀松动
需要楔子敲紧

它和星星在田埂啃草
等待耕牛牵引

第十三歌 | 田园

六十八　甜蜜

晨光微茫
水牛蜷缩成团
滚出村口

启明星旁边
露出一堆岩石
海边的倒影

蓝光挤出天门
投掷响雷
瓜果雁阵飞过远山

米粒的雨滴倾斜
舂谷的碓窝空空荡荡

古老的人脸
在一片苍白中浮出

六十九　风谣

印度洋的季风
栽种大树
蘑菇破土出来
自我安顿

一根木桩
插在河坝汲水
飘来的树冠里
飞出一群鸟

水牛挤在鹊桥
仰天反刍
被云雾裹走

天曹的烛火
列队下凡
没有风可以吹灭
没有人能接住
朵朵光华

七十　插秧歌

水光苍苍
树影沿路下跪
母亲挑着秧苗
走出山阿

天地晃荡
马缨花打滚
母亲挑着秧苗
走出沼泽

飞鸟连天
绿风在山坡打滚
母亲在镜里插秧
水波把她吹到远方

秧苗葱葱
忽而电闪雷鸣
里程碑在公路奔跑

胡蜂卷起云烟
蓑衣在田野滑翔

七十一　石拱桥

石拱桥穿越云雾
横河而立
两排垂杨披头散发
如歌如诉

河里，夕阳落叶自焚
鱼群吞噬云中花
大悲咒是河床

桥两头，竹林摇晃如旧
绿帐深处传来
锅碗瓢盆的喧闹

满嘴泥巴的燕子
飞向屋檐做窝
碎银从雪峰飞来
撒满山川

河里，漩涡运走麻石
大悲咒涌出河水

七十二　大雨

大雨在屋檐织锦
绿风在瓦沟里种草
没有人来

天光在青石板路扬灰
蘑菇背着盾牌
穿越潮湿的森林
不见牛羊

鬼脸，朵朵葵花
旋转着靠拢瓦房
没有诗意

屋檐下
红辣椒渐渐发白
燕子悄悄变灰
此外，没有其他事情

七十三　灶房

天上的梦又红
柴火噼啪欢笑，烧暖灶膛
火苗舔过风又舔着锅底

甑子在铁锅里吹出蒸气
喷气罐想升空逃走

水缸和碗柜一闪而过
砧板与菜刀，比赛奔跑

喇叭花在门口吹号
一瓢开水在簸箕里黏住一瓢荞面
两瓢白光糅成面团

祖母去菜园播种春风
口袋里的白米、包谷和苦荞
跟着四季豆在灶壁上爬行

七十四　田园调

田园中央，鲫鱼未归
几条鲫鱼盖着黄草帽
睡在山尖圆月旁

月亮俯视
一串黄花打开瓜藤的结

田园尽头，马儿未归
宽阔的马背白雪越积越厚

串铃响彻云霄
在乌黑的树洞里
销声匿迹

田园中央，蛙儿未归
夜色背后，瓜果
模仿蛙儿爬上田埂
跌入水沟

凌晨，酸木瓜
用尖刺守着一园萝卜
月光淌入梦中的银库

第十四歌 | 春雨

七十五　春雨不来

春雨不来，洋芋气喘吁吁
在黑透的地洞里互相抚摸

洋芋的黑，胖挤着胖
柔嫩的红露出头来

石头挣脱围墙下河
纸糊的苍天，滴着灰土

烈日在河里煮着白鱼
一架白色的手风琴飘来山腰祈雨

七十六　少年

一个少年看见春雨在田坝里针织白纱
像千万只手在捻灯芯

树叶在山头朗诵春雨
佛光在窗户背后超度书纸里的辞藻

少年看见燕子穿梭太阳雨
荒凉的阳光冷似浮动的旗帜

春雨如种子蹦跳着撒入泥坑
嘹亮的色彩从天空吹落

七十七　春雨

春雨在远处灌溉山房
蜗居的鹅卵石翻着白眼

春雨的纺车停在空中
被一团黑色的尸布卡住

奶奶的燕子如一把把剪刀
剪裁春雨嫩绿的幕帐

雨后田坝里鱼鳞闪烁
陈旧的阳光卷着草席滚入河底

七十八　春雨来时

春雨来时，太阳躲进天空
春雷掀开谷仓露出脑袋

春雷，名叫轰隆
当它的五官在轰鸣中枯萎
绵延的绿浪在它的胸腔里打开

春雨来时，轰隆在天空游荡
将一轮朝阳投入山阿
红日，套着空心的铁环

接着，在庭院深处
一个哑巴心中的彩色云影
如经幡寂静地升空

接着，轰隆误入一帘幽梦
水蛇信子从天空舔向花丛

一头水牛站在河边
眼窝里，黑白云影奔袭不止

七十九　淋雨

大雨的飞毯盖住大地
蓝色的尾巴在高天摇摆
雷电用鹰爪挖土

大雨的飞毯悬挂山峰
铁球在上面滚动

河谷里一堆堆石头
如烧白的银锭滚烫

大雨的飞毯压向大地
淋雨的男人
胸中溢出梨花白桃花红

八十　春雨调

暴雨君临呀，田野随风演奏
村里红鼓和笛子比赛沉默

秧苗歌绿呀，火把果唱红
吱吱叫的碾锤在歌唱圆

一片潮湿的云絮停在河边
一根漂木在波峰直立打转

淋雨的燕王走在河谷中央
薅草的缪斯妹妹与瓜果重逢

第十五歌 | 星空下

八十一　河湾

昨夜，明光河湾
星子戏水，白鱼在抢粉团花
鱼洞吟诵，鱼盲目地生成

大海的梦帐就在此地铺开
群山匍匐来朝，如船队回来

今早，明光河湾
星子隐入蝴蝶
山谷浮出一片海蓝

八十二　伶仃谣

今夜，明光河湾
长途奔袭的大风压住垂柳
白鱼聚集在圆月周围观看

大风压下来，压下来
高山轰然解体
猫头鹰降落树冠
瞪眼发表孤独宣言

孤芳之星出入云层
一只陌生的冷眼

高山之魂游于夜
它跌跌撞撞的黑影从废墟脱身
众多小山的黑影
尾随而去，挤在天边

缪斯妹妹在油灯下摇动纺车
让绿荫重新发芽

八十三　游于夜

马帮游于夜，长路向北
有一座北斗旁移动的花园

七颗芳星游于夜
进入挂在马脖子的七个铃铛
不停地呐喊

第八颗芳星游于夜，他是燕王
纷至沓来的物象一闪而过
有一种芳香，还不曾命名

长路向北，他的泪光闪烁
七个铃里的声音在南方回响
第八个铃子的声音，还不曾命名

八十四　明月出水谣

夜里的明光河，漂浮着银色的酒坛
明月翻山越岭，进入深谷

水鸟在大海上谈论你，缀满帆布
秃鹫在雪原谈论你，敲打白骨

一堆大理石在星空谈论你
又下到河边蜗居

燕王一直等在河边
河面风平浪静
缪斯妹妹，是出水的仙女

八十五　两颗星子

凉心的春夜，拥挤的星子在渡河
有两颗星在井里饮水

村外的果园缓缓下陷
两颗星爬出井口，爬过两棵梨树

它们照亮夜行人
在凝望的眼中，抟成雪球

八十六　就这么仰望着

就这么仰望着，仰望着
数不尽的杯盏悬于空中，看不见手
看不见脸，看不见心
数不尽镀银的蜗牛在头顶茫然地爬行

但还是有一个脸谱，在穹顶闪现
黯然神伤，闭着眼睛

天上没有窗户，没有声音，只吹着星灰
人间，谁将数不尽的年华辜负
谁将一眼眼深井盖上了磨盘
就这么仰望着，无怨，也无泪

八十七　又见清晨

万帐灯火熄灭
启明星来了，像个陌生人转身

那只鹰隼，又来盘旋，盘旋
永远看不见它的面容

缪斯妹妹，你的红花在果园里打结
我的白花在水田里凋谢

你种麻一生，你是结绳记事的新娘
我摇橹一世，是破釜沉舟的好汉

第十六歌｜七夕

八十八　清早

没有人来
只听见河流两岸的瓜果
匍匐在大风下合唱

没有人来
红日在梦游
遍地野花在追随

河流如蛇腰翻身
满河的丁香
吹出彩色的水鸟

野牛苍青的脊背
也在河里翻滚
突围，从不上岸

八十九　井里的声音

抬头看，一线粉红的朝霞在高天穿越
他想起电话声，一缕润湿的彩光

向下看，一眼井里晃动着窥视的眼球
他悲伤的声音，一直在深井里攀援

冰冷的井使声音节节结冰
仿佛几个世纪不曾解冻的一座盐矿

古树林里，缀满死去的知了
井里的声音，从大树的年轮溢出汁液
从胀痛的树枝，溢出叶芽和花蕾

九十　守寡人

西天又涂鸦血红
梦里的碎片拼贴出高山大河

辣椒靠近瓜花
马车拉着白马倒退，陷入长路

红黄灰三匹骡马与影子赛跑
摩擦着翻越山梁

松山脚下，犁沟里
土蚕像雪瓣飘入

晃荡的河床底
一支古老的槊匍匐前行

飞蛾的油灯风吹不灭
守寡奶奶的衣裙缀满萤火

九十一　秋光

秋光倾泻，水牛走向落日
它的背影创造了我

月亮半圆的天河
它的白水浇灌了你

逃亡的人出了远门
绝望的面孔在他乡顾盼

九十二　等电话

手机瑟瑟颤抖
在写字台上爬行

桃红的耳朵失聪
门飞到旷野

七夕之夜
河水向星海回流

星光如锦书的碎片
在山凹飘落

九十三　遗忘

拱桥如喉咙，咽下一条河
河两岸的墙壁白眼对视
月牙在天心之南，桥上没有人

树头忘了挂着黄梨
黑蝙蝠忘了夹在门缝里
灰喜鹊忘了翘起的白尾巴

满河的鱼鳞飞扬
远方的你，忘了拱桥这瓣月

九十四　长空

长空起风
蛙声鼓噪
火把在寻路

野果下山
麇集火苗旁

火苗蹿跳
照见人脸
满眼是泪

长空风歇
太阴出来
天下白

九十五　七夕

小街尽头
铁匠坊的炉火熄灭
铁砧变软

夜空亮堂如旧
银河是一只凤凰
啄食星粒

风神出海
月牙像个马蹄印
漂进浪的褶皱

夜的尽头
满树桃子红润

第十七歌 | 村寨

九十六　浆洗

村寨走出春儿
浆洗满河的白色粗布

她头顶的长空
鲤鱼吐出万亩棉花糖

麻石从岸边的草丛奔突而出
挤在一篇雄文里

春儿捣衣声声
下河的浆果纷纷破裂

九十七　废屋

梨园废弃一堵墙
壁虎爬来呼吸
梨树影绒花飞落

梨园废弃一个屋顶
茅草绿焰荒凉

板壁上的松树节疤
枯萎的眼睛变黑

树枝模仿长箫
在天上吹出梨花

九十八　光阴故事

日出寨子东
明光河晒它的鳞甲

光斑寂静如灰
在屋顶和树梢浮动

松鼠抱着野果
从密林滚出

日落寨子西
梁上燕进窝安歇

红光掠过草坡
飘移到西天堆积

树冠像个神龛
不停地弹出猫头鹰

光阴的信使
是渡星河而来的油灯

九十九　离人谣

油灯熄灭，猫头鹰呼号
轰隆的石磨
旋转着升空

清辉在山谷消融
天上的水碓
从深夜舂到天明

离人去了
酒坛领着瓯子走家串户
连盖和晒笆
直立梦游

离人在山口张望
河山花红柳绿

离人来了
秦叔宝和尉迟恭开门
梁柱棵棵挺立

串铃上树离开驮马
织机轱辘牵着麻线团

长天蔚蓝安详
谷仓喊话
青瓦片片相依

一〇〇　等你

春风撕裂深谷
鞍子绝望地抱着马背
大树在山巅转身

琥珀之光洒满山道
碧玉如帐立在村前

火塘等你来烧火
空灶等你来蒸饭
屋檐等着一帘风雨

一〇一　面向福堂

福堂中央
天地君亲师五个大字
在抚摸磕头的人

香炉里，香末自焚
温情在屋顶熏染

堂前的燕子窝里
两朵百合花瓣瓣相依

在这里叩拜的人
向着内心的浩淼之水
闭目推开山河之门

第十八歌 | 农具

一〇二　锄头

夜深人静
庭院像船停在山前

星辉洒下白霜
院子里锄头露出门牙

它踮脚挤出门缝
绕着瓦房巡视
启明星睡在谷仓里

忽而它是一只桨
将谷仓划上天庭

一〇三　镰刀

山口，红日下陷
狂风模仿镰刀割草
千万把镰刀
如雁阵降落草坡

天国，奶奶在种田
她手里的镰刀磨得锃亮
如月牙出海

一〇四　榔头

梯田层叠向上
旋转在一通圆鼓侧面
最高处是草垛
鸡鸣的平台

一把栗树榔头
将木桩敲进田埂
一抹白练飘来

榔头在敲鼓
一箩谷种
从云天撒下彩虹

在深夜
榔头像个巨型蝌蚪
匍匐在屋梁
黝黑而又柔软

还有一把榔头
在雪地爬行
如一头黑熊
回归深山

一〇五　撮箕

一只绿鹅摇晃而来
在农家小院
啄食落地的米粒

绿鹅蹲在墙脚
伸长脖颈
听板壁缝的虫鸣

一〇六　簸箕

山风扑扇林表
簸箕在簸樱桃

樱桃绿，樱桃红
闪烁的甜蜜

簸箕簸着瘪谷
灰鼠在洞口簸眼皮

西天涌动波浪
黑鸟簸着肉身

山风又起
一条长河簸出白牛

一〇七　筛子

天上，紫葡萄
绘出筛子水灵的网眼
筛子在筛云雪

空中，有一把筛子
筛下石板路狂奔的雨滴

雨帘叮当飘离过
一把筛子在筛麦芒

铁筛在筛冰雹
咒语碰撞出闪电

筛石头的筛子
锁在苍青的穹庐里

一〇八　箩筐

白昼空无
黑压压的箩筐
在天上滚动
发射响雷

土地荒芜
梦中人下凡
挑着箩筐去撒种
绿浪将她浮起

又见黄昏
箩筐燃着磷火升空
告别凝望的眼睛

又见天明
箩筐盛满红米
飘离碾房
摇晃的花岗石碾轮
尾随进入山门

第十九歌 | 山海经

一〇九　洪荒

海水退呀
露出山尖
鱼儿来到空天

山出云海
浑圆如钟
有钟声生出青鸟

云影过冈
牛羊成群
梨花服从了流水

燕王来呀
春晖满谷
桃花如梦初醒

一一〇　恓惶

青山崔崔
朝霞停在峰顶
烧成白灰

河川遑遑
巨轮摇在雾里
白昼渺茫

落日恓恓
孤灯点亮山凹
在庄稼地里
脱下茧衣

萤火离离
沾满衣裳
灿烂到冷

一一一　山海经

日月在山海间走动
昼夜在河边交割一座山谷

山峰从天空漫游出去
那个暗处，河流不能到达

大地关门时，天下打开
猫头鹰下凡，人从村子出来

一一二　尖山

暴雨冲洗尖山
蟒蛇在洞口
吐出信子

尖峰凌空
山花的粉团
原地凋谢

林表辽阔
太阳悬在高天
如红蛛布网

鸡鸣声中
人世间
一窝窝石头
浮出地面

一一三　日落

日落青山
葵花跟从太阳
翻过山梁

人头如葫芦
漂浮而去
沾满火灰

最后冰凉的
是怀里风

一一四　情关

抬头看见山
向上倾诉

低头看着河
向下沉沦

立一座山
相信它的高

画一条河
洗净满脸的泪

找一块田地
开花结果

盖一栋房
迎接缪斯妹妹

做一个春梦
回到当初

光阴里
没有其他事情

一一五　山影

山影滚荡
如马群的臀部
在旷野遁土

护村河的蝴蝶
划着落叶的光斑
靠近门墙

山影卷来
停在屋宇四周
颤动，抽搐

灯芯黄苗扑闪
将八仙桌
幽禁在神龛前

水纹幻灭的天空
降下白霜

第二十歌 | 阳春

一一六　蜂桶

穿过寒风
泥糊的蜂桶

桶里冒出
褐色的文字
嗡嗡花海

天赐的春晖
在桶里熔炼

一一七　风吹

风吹来一座山
白羊醒来吃草

风吹来几个播种人
高天飘来雨滴

风吹来苞谷
这绿鸟
在捋红胡须

风吹来扳苞谷的猴子
风吹来一座庙

一只碓，舂米
一缕烟，散入世间

一一八　写生

田埂给土地拼好画框
麦苗安静下来

青草刚刚描绘好河岸
天空可以陷进去了

人进画来干什么呢
请你们回避

一一九　机耕

天上
大雁飞着
翅膀沾满白霜

田间，铁的红头
打着鼓
替换耕牛

坦克履带
向未来攀登
作别犁铧

这些事
与厩中的马无关

一二〇　**扯电**

山歌唱起
电线杆翻山而来
没有鸟窝

山歌唱歇
电线绑着几只白鸟
安顿在高处

水牛哞哞
灯光外的影子
将它吸吮

一二一　望乡

黄牛望着
盘旋的老鹰变青

白牛眯眼
山谷泛起红尘

阁楼的木窗
望着寒山变矮

谁望着大地辽阔
赋予深情

一二二　望春

暖风吹地
浪筛沙

光瓢舀水
开桃花

鹭鸶降落
纺锤白

青梅翻墙
到农家

一二三　捣衣处

河边的梨花
飞向窗户
窗里没人

雨花石
在水底燃烧
河水沸腾

浆洗路上
潮湿的人影
飘入青石板

地上的捣衣声
在天上响起

一二四　阳春

昨晚月亮好
七星下河汲水
螺蛳壳
列队过河

今早牛羊安好
雾团里
蹲着瞌睡的乌鸦

白日的蚊虫欢喜呀
像文字繁衍
迷住人眼

荒地暖了
草种跟着土蚕翻身
上面覆盖着绿茵

一二五　南方

南方
月如钹
夜空挂满水滴

南方
翻山越岭遍地花
花去结果

南方
婆娑万物
自我消损去

南方，南方
燕燕于飞
不知飞哪里

第二十一歌 | 河床

一二六　棺椁

这里是深谷河床
棺椁的黑盖
在车板上摇晃

这里只有一抹夕阳
棺椁沉下，浮起

这里有一群黑白蝴蝶
如珍珠沾满棺椁

河床下有个马厩
马嚼着铁链，等着骑手

棺椁里有闪烁的生命
沉睡在这条长河

一二七　河的床

河的床，雪的枕头
太阳在梦中变红

河边摇橹的手臂
在渡一座山影

黄光柱像门杠
一直横在山门后

这里是容纳心的山谷
是放走心的河床

两岸，映山红开了
马头上的镜子刚擦去灰尘

一二八　失败

光钎想掀开河床
它失败了

鱼想钻入河床
它失败了

一捧光亮
安慰村外的一口井
它失败了

在夜里
有一条河床飞出山外
仿飞毯销声匿迹

一二九　渡河

渡河去
墙角几只錾子
如笋露头

渡河来
采石场的锤子
依着磨盘

一个漩涡如僧钵
在河里打转

黄昏狗吠
水波里
灯捻开出黄菊

一三〇　蚕食

凌晨，大风吹来
青山自我蚕食

河床两岸的窗户
自我蚕食

大幅扁平的光斑
蚕食河床

河床在峡谷口
蚕食山门

日落，大风吹走
山谷如柴窑吐出黑炭

一三一　红水牛

寒风歇
红水牛出水
跌撞着闯过田野

茸茸红球
挤进
村庄巷道

暖风拂
红水牛跃起
爬上石壁擦痒

云影落
一头缩小的红水牛
在西山吃草

一三二　竹筏

雨后，霞光燃烧
天上的樱桃
堆满河床

河水上涨
竹筏打转
捕鱼人
离河岸好远

河水下落
竹筏被遗弃河坝
明亮非凡

一三三　朝阳诀

天上炼炉炸开
火炭
落在河床

鱼睁大眼睛
舔着血腥

这通红的锦被
盖着滚石

这落花流水
暖着鱼窝

恐高的太阳
又要升起

第二十二歌 | 别江南

一三四　别江南[①]

洪武年间
一队人马从南京出发
向云南
绿梅在枝头
船篷在河里
宫灯在天上
其余不可知

过夤夜
关山挂满黑纱
士兵撒在天下
犹似零星的草籽
闪耀着草籽

远方之远
云之南
山山白石蠕动着
犹似满天桑蚕
出江南
其余不可知

---

① 明朝洪武十四年（1381），朱元璋派远征军伐云南，傅友德为征南将军，蓝玉、沐英为副将军。洪武十五年，平定云南之后，部分将士留守云南各地屯田。作者故乡腾冲市明光镇的汉人移民，多为洪武朝从南京出发远征而来的军屯将士和陆续从长江流域江苏、湖南等地迁来的各姓族人和家属。至今已有六百余年。

一三五　盖房

此木此木
你在山中无用处
接你回去做中梁
树无应答
从了斧斤

此土此土
你在地下无用处
烧瓦送去盖房子
土无应答
从了窑火

一三六　闲聊

明朝士兵
从江南来云南边关
坐在他们建造的村庄里烤茶
闲聊复闲聊
聊到瓦房遁土
六百年风雨过河
聊过了

明朝士兵
从江南来云南边关
坐在瓦房里烤火取暖
闲聊复闲聊
聊到村庄荒芜
六百年花开过河
聊完了

一三七　望江南

望江南
江南是我家

蓝天的红木鱼
落进水乡的小庙

村庄的白鹅
游上夜空的海

连营的红霞
落进河床

南朝的雾露堆
落进江南

一三八　插柳

六百年前
沿河插下的柳枝
从今早的河
婆娑出水
六百年前的仙鹤
从天边飘出
来迎这散架的纺车
一方方白绢
空无一字

一三九　佛眼

佛眼看见
这春水流过
这山窝里的桃树
开过桃花
结过桃
佛眼看见
这冬风里的桃枝
一无所寄

一四〇　种竹

江南人
来到陌生的山脚开荒种竹
天上风吹
竹笋剥壳成竿

竹笋笋壳
六百年剥落
天下土黄
漫天笋壳下河

一四一　舂碓

东山采来白石
凿成碓窝
西山伐来圆木
斧成碓头
空空的碓窝
红红的碓头
好安静

舂碓舂碓
舂谷的声浪
响四方
米粒米粒
飞如星雨
天亮时
飞向
早春的梨树
好安静

一四二　驯牛马

驯牛马的农人
教牛犁地
教骡马驮驮子
驯良的牛马
在没有语言的世界里劳作
它们与农人作伴
彼此看见过

一四三　窗台

雨下在屋宇
窗台里耕读的男人
看着线装书页
听见山尖在云层之上变红

风过书页
黑乎乎的文字背后
瞬间漂出
山沟里粉红的落花

一四四　阴间

秋风吹
信香红
香到阴间
圆月旁

圆月旁
香满天
先人露脸谷堆山

先人的脸
好似天街的钟表铺里
停摆的表盘
薄如白纸

圆月旁
谷堆山
先人的脸
薄如纸

一四五　戏台

漫长的
阳关道
风吹来串铃纸马
吹来官人
和书童

漫长的
阳关道
纸马
向人世间奔去的
雪白的纸马
领着官人
和书童

一四六　采矿

从蝮蛇的尾巴进入
去拔牙齿

噬光的黑鳄鱼
咬着矿灯

银色的米粒
撒满坑道
藏青的布兜

采矿采矿
采金采银采铜铁
采一匹山
又采一匹山

从蝮蛇的尾巴进入
去拔牙齿

一四七　乡音

高黎贡山以西
木屋里传来江南乡音
雨在下
柴火舔着茶炊
岩羊望着河谷
柳树蓬头而立
青瓦从天际飘来
重叠在屋顶

一四八　遗言

这几山树
几丘谷子
这满天的春花
遍地落叶
还有，这把鱼叉
这架木梯
这堆火
还有这个命
这些都要托付给苍天

一四九　相约

六百年前
这块稻田里
仙鹤与农人相互凝视
一头牛望着
白马在山窝打滚
明亮的事物
在明光河谷相约永久
万物如约而至
迎春出土

第二十三歌 | 看风水

一五〇　看风水

风水先生
站在滚荡的风景里
看风水

仿佛姜太公
用他的直钩钓鱼
风水先生
钓太极图里的
黑白鱼

太极图那个鱼篓
黑白鱼
在里面旋起风

经纬线穿梭
捆着罗盘
指针颤抖着

苍穹翻动的滚石
擦着蓝空
仿佛地上有千万个纺锤
放石头风筝

罗盘里的文字
犹似池里的黑蝌蚪
游不出边界
好无聊

坟堆联营
山冈上的村寨
落户的新坟
慢慢会变成
安生的事物

先生说
要看远方
群山瓢泼的青色
流淌天下
而青峦永在云端漂移
风调雨顺

要听远方
穹庐风歇处的下面
鸡犬相闻
白日还在蹉跎
人听从命运
一切安好

一五一　私塾里

老祖讲《山海经》的故事
门前山梁上
红色的人面鱼浮出天际
看见陌生的人面鸟
它们已经来过

老祖说
东山的猫头鹰
与西山的猫头鹰
都在树冠摇
没有什么可摇的

老祖说
明光河风平浪静
河里的白鱼
与大海的白鱼
各游各的
没有什么可游的

一五二　养着

八卦图里
陈抟老祖养着黑白鱼
谁养着
河里的鱼呢

草屋里
奶奶养着
报晓的红公鸡
谁养着
天上的公鸡呢

一五三　藏雷

先祖下葬日
晴天雨崩
响雷滚进土里
鼓起山丘

六百年
山丘寂静无声
黑白云往来歇脚
清明的荞麦花
瓣瓣雪白

凌空的荞麦花
白日的繁星
去夏天
结褐色的荞果

一五四　竹园图

没有邀约
几只仙鹤
停在竹园那团绿风上
仿佛天上也有同样的几只仙鹤
停在一团绿风

不明时日
白昼和黑夜飘过去
飘过绿风之上的
几只仙鹤

一五五　巷道

雪峰忽而闪亮
照耀着
山村巷道
好像里头挤满了白羊

巷道深处
拐杖敲响
好像老祖的衣衫里
漏出铜板
和糖果

铁拐杖
在雪峰敲响
梦游的人影
翻山而亡

一五六　望山河

南国
嫩绿的烟雾
在山谷里蒸腾着

摇晃的牛背
应和着
摇晃的马背

听见云中闪亮的马蹄铁环
不见马群
不见赶马人

想象一个人
抬头看见信鸽飞过山谷
不知飞到哪里去

那个人
听见风车吹花过河
开在北方

第二十四歌 | 岁月

一五七　春来

清早安生
东方的胎盘蠕动
梨花亮起来

有个汉子
在血红的泥塘里出世
桃花亮起来

麻雀军团披着小蓑衣下田去
牛背站着八哥
旷野亮起来

连天的鹰眼发白
还是那些鹰眼

一五八　落日

落日黄
纸孔钱飘撒林中
遥远的
诺亚方舟的玻璃在反光

树落黄
满地滚烫的石头
在诺亚方舟的玻璃上移动

西天黄
好一个隐去的儿郎
忧郁地
自我摧毁

一五九　日月

月亮卸任
从枝头落入沼泽
离人而去

太阳上任
进入山窝草屋
叫人出工

无事
日月在天

无事
河山就在那里

一六〇　梦游

豹子梦游
与太阳比赛飞越千山雪

月亮梦游
与一头豹子比赛爬树

日月同一梦
大山的门臼轰隆转动
一匹山脉梦游去

一六一　黑熊

黑熊刚来过
一串出山的脚印里
热气蒸腾
黑熊走了多年
一串进山的脚印里
长满了青草
云深不知处的岁月
怎么能忽略

一六二　岁月

高处的一蓬兰草
经年累月
把芬芳散给一块石头

温黄的一缕夕阳
亘古不变
把光亮抹在石壁

岩羊这一家子无事
在岩子头仰望
不慌不忙地入夜

一六三　黄昏

山中浮起的大海
挂满白纸
没有文字

就在这里
供养在神龛的落日
涨得通红
没有声音

有个伤春的人
来看这烛火将熄的红晕

伤春的人
这立锥之地
好冷

渡黄昏的海
看圆圆的红晕
如慈悲

一六四　漭川

太阳落在漭川
燃烧的大簸箕掉进黑洞
飘浮的炭灰如雨
这一天，它来过

月亮从草岗上去
一扇小圆窗糊着白纸
在繁星前变黄
这一天，它们来过

第二十五歌丨归去来

一六五　豹子

豹子喘气
在山头观看

几条猎狗在寨子打架
打完了
各自回家

长夜的隧洞口
晃动着
几条灰尾巴

一颗星滑下
而后在河里熄灭
豹子入洞睡觉

众星在上扑闪
亮堂的天街无比宽阔
与豹子无关

一六六　八哥下凡

八哥下凡
站在牛背
仿佛天意如此

牛安生吃草
从洼地
吃到坡顶

八哥跳起
又落在牛背

牛安生吃草
从坡顶
吃进洼地

目送它们的少年
瞬间老去
天意如此

一六七　古时月

白母鸡
在屋顶抱蛋

两只瓦猫
在屋梁凝视

油灯下的书纸
溢出繁花

哪一夜呢
不得而知

一六八　焐热

炊烟散入苍天
最后一捧炭火
焐着灶膛

煌煌低垂的天空
一堆灰烬
焐着圆滚的太阳

路上的人影
穿过大山的裂缝
身子焐着心

一六九　河头山

为了河水流淌
河头山顶
不停地落雪

为了河床永不干涸
高远的河头山
一直立在那里

沿河两岸的山脉
映在河里
不见河头山

一七〇　风吹月

风吹月
谷花满天

圆月旁
谷仓满
星星划着粮船

没有时间
只有遗忘

风吹月
月轮停在旷野
白了山河

一七一　渔火谣

一山移动阴影
独自坐在虚空

一山顶起青布帐
向天鼓满狂风

两山之间
过往的船篷
亮起迷茫的渔火

谁也听不见
离人星星点点的文字
飞过这个深夜

一七二　春雨

春雨挂在明光河
困惑的耕牛
回头望着自己

困惑的马儿
在去驮谷种的路上
听见马蹄声

困惑的老人
与石磨在一起
用长满老茧的双手
不停地推着

一七三　慢些

绿风吹过
万物到齐
物我两忘后
又一群猪
摇着臀部去献肉
好猪啊，好猪
你慢些走

绿风吹过
万物自在
物我两忘后
又几个人
从喧闹的人世散去
要慢些走

一七四　亮堂

空中飘来
亮堂的雨滴
院墙的芭蕉
开始滴水
地上溅起
亮堂的光斑
天曹的梨花
散落满地
山中看见亮堂的人脸
一蓑风雨转身后
山河忽然空寂
不关人事

一七五　上半夜

磨盘在夜里
吱吱叫着

单薄的月牙
渡过春水

几个残星
无目的遁河

有些心事
遗忘在天明

一七六　下半夜

野兔进村
遇见黑猫
然后走开

黑羊迷路
撞上坟头
然后走开

下半夜
启明星在洞里
慢慢蜕皮
好自在

一七七　天地引

好可惜
天那么高
那位主人
反复敲打雷钹
山谷不应

好可惜
地那么辽阔
红光乐队
奏出一堆灰土
没有歌词
可以对答

一七八　从此以后

无端出现
一辆马车驶过
这条黄土路
穿过密林
这是最后一辆马车
驶过这条黄土路
穿过这座密林
从此以后
草木将封闭这里

第二十六歌 | 奶奶的村庄

一七九　奶奶的梨树

漫天梨花白
奶奶去公社受批斗
公人喊完口号
她回梨树下种菜

漫天梨黄
奶奶去公社扫大街
公人喊完口号
她回梨树下拾梨

奶奶
如果没有那棵梨树
如果它不开花
不结梨呢

一八〇　送公粮

那一生
奶奶戴白头巾
系掇花围裙
裹钉锤小脚

那一年
奶奶挑走满箩谷子
去公社交粮

那一日
南方的山谷
高音喇叭里的词又大又亮
染红了奶奶

那一夜
如果天上有眼泪
北方的夜空
挂着七滴眼泪
一直挂着

那一首诗中
明光河在流
南方家园

有一座白色的坟
想爬下山坡

那扇阴间的门里
如果有白米
要盛满奶奶的箩筐

一八一　躲藏

从前的老实人
骟鸡的
劁猪的
那一伙
爱吃公粮
催得胖胖的

批斗奶奶
他们抱着圆滚的大太阳
押着佝偻的小月亮
开拔过来

日夜纺麻的奶奶
躲藏到山沟
土坎下面的
狼窝里

土坎上头
风好大
一块辽阔的黑布
不停地褶皱

骟鸡的

劁猪的
那一伙的后代
仍然爱吃公粮
催得胖胖的

一八二　滚荡的山坡

滚荡的
山坡头
奶奶在挖玉麦地
早霞生
大树杜鹃花团

滚荡的
山坡中央
奶奶杵着锄
远望祖先的坟场
几只红顶鹤
无端落下
站立碑顶

滚荡的
山坡尾
暮霞生
黄昏在松林里生火
新挖的红土冒烟
奶奶回家

一八三　薅草

奶奶
弯腰薅草
落晖
从背上滑溜
稻田的大布幔开始在风中轰响
这漫长的一天
她面朝秧苗
忙不赢看过天空
落晖暗淡
回圈的牛
与她对视

一八四　筑巢

一个小男孩
抬头望着
奶奶在木楼的挂方上
钉一小块竹笆
让燕子回乡
衔泥筑巢
一对燕子越过层层山脉
出现在山口
穿过春雨
如约而来

一八五　礼物

辣子秧苗
茄子秧苗
长到五寸高
奶奶用竹篮挑去街子卖
买回火柴和盐
还有几本作业簿
一捧水果糖
这个春天
就算过去了

一八六　听山歌

白蚁在蓝天搬家
白头巾奶奶
在菜园里除草
草叶青青
春去了

对面山梁
男女唱山歌
“说是了哟，
好久不到这里来，
这里凉水上青苔。
扒开青苔喝凉水，
一回好吃二回来。”
青苔青青
春去了

山歌飞越几条沟坎
几坡荞麦
几阵风
奶奶才能听见
荞麦青青
春去了

一八七　编篱笆

奶奶在自留地上编篱笆
把菜园围起来
围着蔬菜水果和花木
围个地方自言自语
前年编一圈，猪拱了个洞
去年编一圈，牛打开个缺口
每年，奶奶都要编新篱笆
还要编一扇新门
关紧她的菜园

一八八　留守奶奶

云浪响了
一直在响

吃饭的土碗放在灶房
草料篓
挂在马厩

小花开在路边
男人流离他国
妇孺看家

去的脸
在远方发青
归来的杏
在屋旁殷红

三十岁
奶奶守活寡
种地
劈柴
纺麻
织席
犹似一株葵花

绿过
黄过
黑青
低下头

百年祖屋
几个白石墩
撑着
几棵圆柱

应该还有同样的石墩盲目地漂泊着
而小花开在路边

百年福堂
旧香炉
暖暖的

青瓦屋顶
往上是蓝
再往上
已看不清

饥饿岁月
石磨在磨
玉麦须红

石磨的圆

停在原野最深处
苦荞花开

应该还有同样的石磨盲目地漂泊着
漂到离人面前

六十岁
唯有孟婆的一碗汤是热的
喝过
奶奶安稳了
躺进
自己种过的地里

洋芋花白
洋芋红
奶奶
骨骸留守
暖暖的

当青山伫立
整个山川
亮亮的

当无名小花开在路边
整座高天
蓝蓝的水

云浪响了
一直在响
青山
挂满了红香果
高天
跪满了白羊

一八九　挑水谣

今夜何夜
睡去两座黑山
一个村庄
醒着一口井
等月亮
和一个挑水人
女儿呀

今夜今夜
月牙不在天
水井在村旁
扁担挑在肩
黑风裹着刺骨的身子
童养媳呀

今夜何夜
两只木桶舀水
给两个肩膀
路边木叶沙沙下
落进深坑
母亲呀

今夜今夜

水瓢在桶里晃荡
水缸空在灶房
月儿何时回天
给脸上一点光
奶奶呀

一九〇　舂碓声

舂碓声里
雪片挂满树枝

舂碓声里
青梅挂满树枝

天上舂碓
地上开花结果

地上舂碓
天上没有听见

一九一　筛子

安然望着
奶奶的
那把竹篾筛子
挂在松山脚的老屋
板壁的一角

那把筛子
筛荞筛米
又筛光

还是那把筛子
筛风筛雨
筛到空

安然望着
那把竹篾筛子
挂在天堂里的小屋
板壁一角

一九二　以前

很久以前
有一小块空天

干净的蓝窗下
奶奶看着
孙儿的陀螺
在泥巴上打转

看着
孙儿骑竹马
奔出寨子去学堂

很久以前
满河亮堂
有个干净的太阳出山

它照进过寨子
梨黄桃红
映在窗口

一九三　听阴间

奶奶
阴间传来鸡鸣声
阳间的谷种
晒笆晒干了的
是否送到

奶奶
阴间传来舂碓声
儿孙的白米
装进萤虫背篓的
是否舂好

奶奶
那边的月亮下
孤独像一具骨头
好白呀

一九四　串铃马

奶奶养着的
那匹火焰红的串铃马
是否
来过她的坟前吃草
是否驮来了
当年撒在棺椁上那捧五色土
的恩典
那是瓜果桃李的恩典吗
开花又结果
去了又来
那是春的燕子念旧的恩典吗
过千山万水
去了又来

一九五　纺车

雨下在庭院
奶奶在屋里纺麻

雨还下在庭院
奶奶已在天堂织锦

奶奶纺的白练
一年四季系在山腰

奶奶纺的头巾
一直戴在梦游的山顶

纺车的声音
从地里浮起来
对于杏树来说
是杏花

一九六　奶奶还在

围着房屋的远山
在夜海里如鲸鱼翻身
吹出星辉

缝补衣衫的灯光
黄得像堂屋里
满满的一筐橘

奶奶一直在屋里
从来不曾离开

第二十七歌 | 乡关何处

一九七　山月

山月出水
上天曹
茅草窝里的白卵石
会怎么看呢

山月落水
下天曹
人间
笼罩着一堆白灰
披白鳞的鱼儿
会怎么看呢

一九八　青蛙

仿佛参禅的青蛙
坐在石头
咂嘴声响个不停
叫什么呢
好像上一声叫自己
下一声应答
此外，花絮纷纷
落叶满沟

一九九　无名鸟

无名鸟
站在光秃的核桃树尖
头顶的天空
一架客机路过
它站着不动
何必动呢
飞来飞去好无聊
何况，开路的轰隆声
那么高远

二〇〇　**白菜**

房前屋后
白菜满园

绿涡旋转
漫游山川去

绿涡遍野
绿而衰

绿涡遍野
从了风雨

二〇一　**山神庙**

雾露移开后
青瓦盖着屋顶
盖着神龛

风吹进山神庙
桃花开得正红
树要结桃

太阳照进山神庙
灶房里有几只瓷碗
盛满天光

山就是山神
它的泉水流进山神庙
灌满水缸

二〇二　**看河**

从看不见的地方
河水流到这里
河底翻滚着太阳石
河面横着桥
河两岸
人们弯腰播种
而后收割
一片寂静的天空
照应着一片寂静的田园
从蓝天到厚土
是一个寂静的整体
河水流过这里
流向看不见的地方

二〇三　**白萝卜**

从北方到南方
白萝卜
圆形的楔子
裹着雪泥

白萝卜
甜脆的楔子
楔在茫茫白昼

好像肥沃的贫瘠的土地
都需要它楔着

好像白日的浩荡光波
黑铁的幕幛
也需要它楔着

它的雪白
要生出一蓬绿缨
就生出绿缨

它的绿缨
要生出琐碎的雪花
谢给人看

山谷的空天
种满白萝卜

明光河的天曹
那高蓝的海
漂出萝卜花

二〇四　老屋

东山之东
出太阳
老屋在雾露中
犹似包着白宣纸
浸着朱砂

南方之南
荇菜青青草叶长
土地公公
顶着老屋行走
我们就在里面

老屋里
奶奶叫我上学去
这声音
去梨树开花
去杏树结子

南方之南
天上有光
地上漂流着苍翠的山影
奶奶的老屋
插满光针

西山之西
落太阳
老屋包着一团黄纱
染着烟尘

点燃火塘
明亮的老屋飞向夜空
像孔明灯
我们就在里面

二〇五　风物谣

风吹春
咒语出
马离厩
燕归庐
地暖烘
人出工

风吹夏
咒语翠
云盖山
水汪田
石头胖
青蒿苦

风吹秋
咒语黄
辣椒红
茄子弯
南瓜鼓
柿子软

风吹冬
咒语白

杜宇啼
松吹雪
地且阔
天又空

二〇六　一扇门

一扇木门
立在高原过夜
深深的门臼含着门柱
无比充实

一扇木门
立在长路的尽头
为了向归来者打开
一直关闭

二〇七　明光河

明光河
穿过一场大雨
从一座坚固的堤坝
翻过去

明光河
穿过白昼
在转弯处回流
抱着一座山
依依不舍

二〇八　河的那头

河的那头
是什么地方
已看不清

一口井吧
井口盖着一座荒漠

一个鱼场吧
上面盖着一座海洋

三千弱水吧
上面盖着一座桃花源

河的那头
是什么地方
已听不清

本诗集作品创作于 2017 年 1 月至 2021 年 12 月。第一歌至第二十一歌发表于《作家》杂志 2019 年第 5 期；第二十二歌至第二十七歌发表于《作家》杂志 2022 年第 1 期。

附录：明光河风物

明光河，是腾冲市明光镇境内，穿越明光坝子的主要河流。明光河发源于高黎贡山山脉中的河头山，是伊洛瓦底江支流龙川江的上游干流，镇内全长 55 千米，流域面积 658 平方千米。河头山海拔 2520 米，河源与山谷平坝高差 855 米。主河道自北向南流淌，与明光坝子东西山系峡谷流出的 21 条支流形成叶脉状纹理。流域高山耸峙，深涧纵横，峡流湍急，葱茏开合，灌溉 3.34 万亩水田，养育着 110 个村庄，近 5 万人口。明光坝子山河锦裳，风物茂盛，云飞翰藻，花雨纷纷；明光生民瑕瑜亮堂，经纶可织，意气高蹈，濯濯清澈。明光河流域，是中华传统乡村农耕文明的活态博物馆。

一　太阳童谣

太阳太阳出来了，
园子里有个红马鹿。
大人要吃干巴，
小人要吃腊肉。

二　月亮童谣

月亮月亮团团，
火烧轮船。
有人上天买米，
跌下海底。

三　皇皇谣

小孩夜哭不休。乡里人请算命先生或道士写一则谣曲贴在路边墙壁或电线杆上，让过路人念诵，以治夜哭症：

天皇皇地皇皇，
家中有个夜哭郎。
过路君子念一遍，
一觉睡到大天亮。

四　城门谣

明光坝子没有城，也没有城门。但村寨有山门，童谣唱：

城门城门有多高，
八十八丈高。
城门城门有多矮，
八十八丈矮。
我家的小兵小马给过得？
有钱就过得，
无钱过不得。

五　送衣胞谣

小孩生下来，衣胞怎么处理？有一个巫师说，衣胞是肉体和灵魂的窝子，不能随便处理。他想出了一个办法：用一块棕片将衣胞包好，送到林子里，高高地挂在树上。“人往高处走呀”，巫师念诵：

左脚跷
右脚跷，

脚搭云梯步步高；

左脚起，

右脚起，

脚搭云梯步步起。

从此，在树上挂衣胞成了一种风俗。人们路过林子，看见树上挂着衣胞，就会加快脚步。有时，还能听见背后跟来的脚步声，好像衣胞在找它的主人。

六　开门颂喜

过年,梅红色的声音此起彼伏,飘进每一个毛孔,这是年关的喜悦。

大年三十晚，老人准备好压岁钱，用梅红纸封好，放在福堂上，赏给凌晨起来开门颂喜的童子。童子先开堂屋门，颂喜：

两扇财门大大开，

金银财宝滚进来。

滚进不滚出，

银子堆满屋。

接着开灶房门：

月亮出来亮堂堂，

照见弟子开灶房。

自从弟子开门后，

金银财宝堆满仓。

然后走向院子中间的年松树：

左一步，

右一步，

步步走到摇钱树。
摇钱树，
聚宝盆，
早落黄金晚落银。
早落黄金堆百斗，
晚落白银放秤称。

最后走向院子大门：
一格大门四角叉，
大门头上一朵牡丹花。
自从弟子开门后，
一股银水淌进家。

童子开了门，烧燃火垄的火，烧涨茶炊的水，给香炉里添了末香，领了压岁钱，最后是放炮仗。开门颂喜的声音、炮仗的声音过后，每个庭院又都像一座孤岛那样寂静，像一只耳朵那样听闻。不过，一年四季的门总算打开了，希望的颂辞也发表了。生活可以将就继续下去，山中锅碗瓢盆的声音又开始响起。

七　初一出行

大年初一，是一年中的第一扇时间之门。清早，在村子大门外的路边，每个家庭需要举行一年一次的出行仪式，人人都要在村子的大门外露出脸来。要点燃条香、焚烧纸钱，要撒出浆水凉饭，要向大吉大利的出行方向磕头，要祝赞一年四季天天祥瑞、日日平安。祝赞时，长者逐个念着家人的名字，向神报告每个人的工作和生活的地方，希望神照护好每一个人，让他们出行在外：

棍不弹眩，

刺不戳脚；

好人相逢，

恶人远离；

空手出门，

抱财回家。

出行仪式之后，似乎漫漫长路就在每个人心中亮堂起来。

出行的人相信，神听见了他们祝赞的声音，并且已经记录在案。究竟是什么神照应着出行人呢？没有人追问，也没有神回答。

八 上梁

竖木架房，最重要的是把中梁架到中柱上去，这就是上梁。上梁要看日子和时辰。不按日子和时辰上梁，惊动了凶煞，可能会有祸事发生。凶煞折磨人之事，总是得到验证。

上梁时要放炮仗，用红公鸡点血。木匠大师傅要站在房顶上颂喜，让凶星回避，吉星高照。凶星吉星出没，服从时间。是时，大师傅对着中梁说话：

此木，此木，

你在山中无去处，

接您回来做中梁……

念完，用榔头将梁木敲进榫卯。

接着，他向房屋四周丢小粑粑，或捏成各种动物的小糕点，让全村老幼来抢。

人人喜形于色。人和神有福共享，都很欢喜。

九　挖矿

峡谷山这个矿洞，已经有近一百年的历史。如今，它长满青苔、杂草，甚至变成了蛇蝎冬眠的窝子。曾经的打洞者已经无人健在，但留下了一个故事。

那年大年三十，矿工们还在打洞。主人杨易达先生派人送去了一个猪头、几袋白米和各种蔬菜，让他们在山上过好年。

矿工们很不满意，说这家人太吝啬，大过年的，才送一个猪头来。工头说不值得给他家干活，就带领工人离开了矿山。

在回家的路上，工头说，一起去看看主人家过年吃什么。刚好主人家正在吃年饭。看见矿工们来了，全家人同时起来让座，叫他们来一起过年。工人们看见主人家全家老幼吃的是荞饭、白菜萝卜和咸菜，没有油荤。他们愣住了，看着一桌饭菜，没有吃，也没有说话。

气氛尴尬了一锅烟的工夫。只见工头一挥手说：上山，挖矿。他们在山上献了汤饭，跪拜了天空和大地。礼毕，吃完猪头肉，连夜打洞。

就在当天夜里，矿工们打出了银矿。矿主杨易达先生用开矿赚来的钱，开办了明光镇第一所现代学堂。

十　献坟

一家人去坟山献坟。他们先点燃条香插在坟前。据说，木香的青烟是沟通阴阳两界的信号。在献饭时，长大后做了诗人的那个小男孩，指着领受汤饭的一群人让母亲看："妈，赶快瞧，好多人来了，他们不穿衣服，全身长满了树毛衣！他们用毛茸茸的手抓饭吃，他们太饿了。"母亲除了看见热气腾蒸的汤饭外，什么也看不见。可母亲一点都不害怕，反而很欣慰。她说："我晓得，亡人们来领受汤饭了，但只有小孩子才看得见他们，小孩子的眼前没有遮挡。"母亲也不知道，是什么遮住了成年人的眼睛。

十一　小窝棚

一个小神灵，像一抹青烟，消失在飞速幻化的时光中。他曾经是一片玉麦地的守护者。他用树枝搭起的小窝棚，盖在一座大坟的背上。这样，他钻出窝棚，站在坟头，就能环视整个玉麦园子。有时，在高大的松树上唱歌的鹦鹉，准备飞下来啄食玉麦，与他处于对峙状态；有时，他掐来野菜，在窝棚里的小火堆上煮吃，吃完后又到箐边砍柴；通常，一群鹦鹉刚被他的响啪（竹子响器）赶到树上，坟里的一群蚂蚁又抬着白蛋，爬上了他的土陶碗碟。天地安静如初。事物匆匆路过。色彩幻影涌过他的玉麦园子，浸透每一个角落。

十二　躲魂期

在明光河流域，人死之后，魂会变成一个事物回来现形。至少回来一趟。魂变的物第一次回来，是一种杀气，所以，算命先生根据死亡时辰，算准了魂来的时间后，前后三天或一个星期，亲人都要搬离死者咽气的那所房子，住到其他地方去。这就是“躲魂期”。

为了看清人死后变成了何物，亲人就在咽气的地方铺上一层火灰，用一个罩鸡的竹篮子罩着，看看魂能在火灰上留下什么印迹。罪孽深重的，会留下一条铁链印子，说明已经戴上了脚镣。做牛做马、做飞禽走兽了的，会留下蹄印或脚趾印……当然，不是所有的魂回来，都去火灰上留印，有的是以敲板壁、搬家什、踩脚板、丢石头等各种声音通风报信的。

魂也有不回来，或回来不想通报的。德高望重的人去世后，魂一般都不会作为杀气回来吓人，因为他们一去世，就奔波到轮回的途中去了。他们已经忘记了前世。他们很忙。他们走远了。

十三　恨鹘

恨鹘是古老的鸟，猫头鹰的一种品种。恨鹘一旦在深夜飞来大树上，发出凄楚的叫声，本村或周围的村子里，肯定是要死人的。此事的确神秘，村里人有各种猜想。要么恨鹘是阴曹地府专管人死亡的使者？要么是人死之前天堂派来报信的使者？要么是从无时间的王国飞入时间牢笼中的使者？总而言之，它肯定是一个使者，而可怜的我们对它的来历，却一无所知。但从它黑白颠倒的视力来看，它应该来自一个尚未黑透的时空里，比如，那个时空时刻处于黄昏状态。也有一种可能：在那个不白不黑的晦暗之地，还有许多生命需要救出来，它是来叫人去帮忙的，但它来错了地方，这世间里的人，不管是死了的还是活着的，都管不了这个事情。

十四　梦丧

大园子里，长着一排钵头粗的茶花树。那年茶花盛开，一位年轻妇女来种苞谷。

烈日当午，她靠在最大的那棵树上休息。白日梦中，她梦见自己死了，就吊在这棵树上，着干净的白头巾和青色的粗布衣衫，两只缠足的锥形脚板，在离地三尺的高度，安静地晃悠。

十年后的春天，她与丈夫吵架。丈夫又一次说狠话，要打死她。

在离家出走的路上，她突然想起，那棵茶花树的花朵开得正红。

于是，她折回头，来到茶花树下，解下裹脚布，将自己吊在树上。

她不让丈夫打死她。她要自己死，死在自己曾经的梦中。

之后，不止一人看见过，一个年轻女子独自坐在茶花树下梳头。

十五　最后一只老虎

古时候。山谷里最后一只老虎。它在消失前，曾蹲在明光河边的一个山丘平台上。那个平台像一朵巨大的莲花。它在那里等着一个恶人吃完饭，然后要将他咬死。因为这只老虎从来不咬正在吃饭的人。恶人端着碗，一粒粒地吃，一天最多只能吃完一碗，还时刻饥肠辘辘。数月之后，老虎失望地踏着夕阳走了，离开了那个人。那人回到村里继续作恶。他的后人中，代代都出恶人——要么是打砸抢的，要么是喊口号的。人们常感叹：一是恨人的品种不可改良；二是怪最后的那只老虎没有耐心。

十六　粮仓

卡夫卡说："无所适从，仿佛春天的一座粮仓。"明光山谷里的那座粮仓裂开了一条缝隙，一束光照见了里面向外望的一双眼睛。铜锁已经生锈，里面没有声音传出来。有人归来，有人远去，但没有人想起木屋里的粮仓，以及那双眼睛。不过，有时候，那个粮仓会在春风中炸响。

十七　进山伐木

春风吹燃了启明星，种子穿越深渊，爬上树梢。

山门打开了，纤弱的花蕊，在铃铛里顶着硕大的露珠。

有人进山伐木，马驮子里驮着斧头、锯子、伙食和被褥。在进山的路上，他们放声歌唱：

好久不到这里来，

这里凉水上青苔。

拨开青苔吃凉水，
一回好吃二回来。

又唱：
山歌好唱口难开，
粑粑好吃磨难挨。
白米好吃田难种，
樱桃好吃树难栽。

再唱：
哥是天上一条龙，
妹是地上花一丛。
龙不翻身不下雨，
雨不洒花花不红。

对面山上的妹子忍不住也唱起来：
大田栽秧行对行，
一对秧鸡来乘凉。
秧鸡找着乘凉处，
小妹找着有情郎。

还唱：
三棵竹子一样高，
砍到一棵来做萧。
白天吹得蜜蜂叫，
夜晚吹得妹心焦。

有时候，唱着唱着，就唱拢了。

十八　放牛人

有一条小河，名叫马鹿塘河。一听名字便知道，曾经有过马鹿在此流域生存。马鹿塘河谷两岸，是嵯峨蜿蜒的山脉。这个放牛人，他一生的事情，就在马鹿塘河边放牛。

在他的牛群中，有一头红牛，每到下晚就失群独去。而每次，他都在同一座山顶的同一个位置找到它。这座山浑圆高耸、自成格局，他要走一个时辰才能爬上去，红牛至少也要走一个时辰。每次，他气喘吁吁地爬到山顶，红牛已睡在那里，反刍，望着他，好像已经等了他好久。

某天，放牛人似乎领会了红牛引他上山的深意。之后，他常从河边扛石头上去，堆在红牛等他的地方。这件事是他一生唯一的秘密。

放牛人去世前告诉子孙：那座山是一个下山喝水的神龟，他死后，就埋在红牛暗示的那个穴位——神龟的窍门上，镶嵌坟的石头已经准备好。

自从放牛人葬在龟山窍门上，他家悄然发达，代有人出，巨贾文士佳话传扬，一路流芳而来。

十九　石牛

夜色晦暗幽明之时。山川里常有一头巨大的白牛在田里糟蹋庄稼。

道师先生认定，这头牛是河边的一块像牛的巨型白石变的。它是个牛精。白昼里，它被锁在时空之中。

村民问道师先生怎么制服这个怪物？道师先生说，要用洋油浇在身上，点火将它烧死。于是，村民用洋油烧那块石头。几乎所有村民都来围观。

村民问道师先生，石牛为什么不发出疼痛的叫声？道师先生说，因为它是一块石头。

石牛被烧出了满身的裂纹，但并没有烧死，还是在电闪雷鸣、狂风大作的夜里去糟蹋庄稼。

村民问道师先生怎么办？道师先生说，还需要在它上面刻上一道咒符，它才会安静下来，咒符就刻一支犁和一副耙。

村民便找来石匠，在石牛上刻了犁和耙的图案。可石牛还是昼伏夜出去糟蹋庄稼，像梦里一轮冷却的太阳，在田间滚来滚去。

村民又去问道师先生。道师先生说，要真正地制服它，需要在河上造一座桥将它压住，一旦背负着巨大的压力，它就会安静下来。

村民便造了一座桥压在石牛上。此法果然奏效。

村民问道师先生，为何石牛能长久地安静下来驮着一座桥，使马路在河上跨越？

道师先生说，因为它是一块石头。

二十　杀猪

生命和肉体，有时可以分开来安慰。村里杀猪的时候，要为生命超度，给它许诺。

村里又杀猪了。刀已磨亮，水已烧开。屠户把肥猪绑来案桌上，拴好四脚，捆紧猪拱嘴，不能让它跳，也不能让它叫，希望它乖乖地认命。认命是一种美德。

接下来，屠户要烧几揭黄钱，让生命带着上路。然后反复地念着歌诀：

天杀你，地杀你，
让你来世转美女；

天无忌，地无忌，

阴阳无忌，百无忌，

让你来世有名气；

天开阔，地开阔，

让你转世来中国。

念着念着，刀就进去了，血就出来了。

生命上路，肉体留下——对于猪，我们不要它的命，只要它的肉。显然，屠户给猪的几个许诺，猪是听不懂的，但人听懂了。人给猪许诺，然后杀它，人也就可以安心地吃肉。

至于猪命是否领到了黄钱，是上了天，还是继续在地上行走，是猪命的事情。

二十一　传口

一炷香点燃，青烟袅绕升空；一碗米盛好，压上几张人民币。巫婆瞬间呵欠连天，渐渐进入不省人事的状态。鬼魂开始附体，借助巫婆传口。

如果一个人死于非命，鬼魂就来告诉家人死因。倘若冤枉了他人，鬼魂也来澄清真相。

鬼魂来传口的声音，与人活着时一模一样。那种纯粹个人的声音，是巫婆无论如何也模仿不出来的。更何况，巫婆对死者和他们的家人一无所知。

一般情况下，不是人不信鬼魂，而是鬼魂不信人会相信有鬼魂，毕竟阴阳两隔。鬼魂为了证实自己的真实存在，常常点出家里某件物什安放的位置，或不为外人所知的事情来。

鬼魂最痛苦的，不是人们对他们不相信，而是经过他们的传口，人们都晓得杀人放火者，但警察仍然不能将其逮捕归案，因为传口不能作为证词。

不过，鬼魂也有自我慰藉之处，那就是泄露一点天机，帮助人们解脱痛苦。有一个帅小伙，因矿井坍塌殒命，他的母亲悲痛欲绝，多年不能释怀。家人找到巫婆，巫婆通过香火的青烟，招来帅小伙传口给母亲，说自己本来就是天庭里的人，现在就在天庭里当带刀护卫，有时他会回来看看凡间的家人，只可惜家人看不见他。他每次从天上下来，会让板壁或谷仓炸响一声，让母亲知晓。“炸响”的事，的确时而发生。

自从巫婆传口之后，母亲渐渐减轻了悲痛。过了几年，帅小伙的父母又去请巫婆传口，看看儿子在天庭是否安好。小伙来传口说，自己已经进了天庭的中枢机构，比照人世间的职位，就是当了国师，在南书房行走了。他的母亲听后很欣慰，觉得自己行善一辈子有了好报。

夜深人静的时候，母亲总是独自站在院子里，望着宽大的星空之门。

二十二　老啄崖

有一座苍青色的雄伟山崖，耸立在明光坝子的北端，俯瞰着狭长的明光山川。由于它的模样像一只老鹰的巨喙，被古人命名为老啄崖。

自从它的形象与老鹰联系起来之后，就让乡里人产生了莫名的遐想与恐惧，比如害怕被它发现自己是一块肉，仿佛它的存在，即是一个高高在上的凶神恶煞。人们编撰了一个传说：一个在田野玩耍的小孩打失后，有人看见老啄崖的尖嘴上沾满了鲜血。

不知什么时候，山谷里又出了一个编故事的人，对几乎所有传说都进行了重写。关于老啄崖，他说，鹰嘴在田野叼小孩的事传到了上天，真的惹怒了上天。上天择时制造了一场暴雨，派雷神把老鹰的尖嘴壳劈了下来。从此，人们不再惧怕老啄崖，川子里的善恶对峙也消失了。人心忘了善恶，便相安无事，人人共享蹉跎岁月。

二十三　秃头树精

传说，月食是天狗吃月亮。天狗正在吃月亮的时候，洒下来的月光是有灵的，一说有毒。不过，乡里人说，月食的光需要照到人的鲜血，才能孕育出精灵。凡是人的鲜血洒在飞禽走兽、花草树木上而被月食之光照见，事物即刻成精。

某古村路旁有一棵千年古树，被人砍了树冠，变成了一棵秃头树。砍树人伤了自己，鲜血滴在了树上。那天晚上，恰逢天狗吃月亮，月光洒下来，照到了人血，秃头树立马变成了秃头树精。

之后，一到夜里，秃头树精就会作怪。一旦有人路过，它就倒下来把人压死。人们害怕，只好绕路行走。

长者去问巫师如何才能除掉树精，以解除百姓的恐惧。巫师焚香问天，烧钱问鬼。在巫师处于迷狂状态时，天庭派鬼来传话说：大凡树精，只有木匠师傅能镇得住，因为木匠师傅掌握着尺子和墨线两样法宝。

某天深夜，一个木匠背着尺子和墨线走出古村，来到秃头树下。果然，秃头树精刮起了一股妖风。当它准备轰隆倒下时，木匠抽出斧头砍去。斧头砍在树腰，树挺立不动，风也安静下来。

木匠用尺子指着秃头树，然后用墨线捆住了它。

第二天，人们去看现场，发现地上淌了一摊黑血。

从此，秃头树精再也没有倒下来压死过路人。此事山谷里的人们口耳相传至今，都说是真的。

二十四　鼓山

河边有一座团山，像一通鼓，又叫鼓山。

一座藤篾桥的一端搭在这通鼓上，引出了一条路，一个通关古道。马帮走过这里，只听见鼓点咚咚敲响。

风水先生曾说，鼓山下面是一个暗海，海里有一对金鸭子游来游去，迟早它们会游出来。那对金鸭子是暗海里仅有的两个光点，它们自身就是光源。

风水先生说，如果没有这座藤桥，这通鼓永远不会被马帮敲响；如果没有鼓下面看不见的暗海，也不会有两个光斑在我的心中不停地游来游去。

二十五　洗马塘

一个游侠进入山谷。他看见，路边有一匹瘦弱、灰暗、丑陋的小马在吃草。

游侠停下来看着这匹小马，觉得异常亲切，仿佛看见了自己。小马也抬头望着他，好像看见了一个久违的人。

游侠想买这匹小马与他做伴。主人暗自高兴，早就想将这无用的马儿遗弃，想不到还能赚取银两。

游侠得马之后，将它牵到寨子外的水塘里梳洗。这是小马从未得到过的恩赏，情不自禁地流下了眼泪，喷出感伤的鼻息。

想不到，才梳洗第一遍，小马的肌肤瞬间就红润起来。再梳洗第二遍，小马毛发光鲜，神采飞扬，像有天光浇注。梳洗第三遍，小马四蹄发痒，忽而彪悍雄骏，脱胎换骨。

梳洗完毕，游侠跃上马背。马儿幸福地奋蹄，朝着云开雾散的远方驰去。

游侠唱了一支山歌：

有缘千里来相会

无缘对面不相逢。

挂你挂到千肠断，

十根肝肠断九根。

自此，村里人把洗小马的水塘命名为洗马塘。

村里有人一直挂念着那匹小马和那个游侠。

二十六　献星宿

好久没有献星宿了，没有跟星宿说话，他的心里空荡荡的。

他在院子中支好一席小桌子。桌子上先摆一梆米，米中插上几只条香，接着摆上“三牲”（猪、牛、羊，可简化为一块熟猪肉）、糯米油香粑粑、茶酒、斋饭等，桌子脚摆上黄钱、金锭（金箔）、银锭（锡箔）。

一切摆好，他开始跪下来与星宿说话，把他希望星宿照应的人和事都说一番。当然，还有些事情是不需要说出口的，他认为只要他想了，星宿就知道了。

他不能让星宿白白照应他。讲完之后，就焚烧纸钱，家人依次磕头叩谢。

每次献了星宿之后，他的心情都很愉快。他确定星宿会照应他全家，因为他是真诚的。

二十七　两只蜜蜂

风水先生又称地理先生。一位云游四方的地理先生来了，他在村外发现了一穴“大地”，然后将这一天机泄露给了一个村民。因为自从地理先生云游到这个村子后，那个村民对他最好，每天给他做饭吃，服侍得很周到。

地理先生对村民说，如果这穴地不被破坏，谁家埋坟，后世将出人物，非富即贵。村民说，他家想出人物，想富贵，只苦于没有门路，他要把他爷爷的坟搬来那穴地上。地理先生说，很好啊，很好，只要老先生压得住。

搬坟那天，棺材抬了过来。地理先生指着穴位，让村民打井（挖坑）。打到一米深，村民说差不多了，地理先生说，再打。

打到两米深，打井人发现土中有一个盒子。地理先生说，盒子不能打开，否则，地就破了。可挖井人忍不住好奇心，已经将盒子打开。

众人看见，就在盒子打开的瞬间，两只蜜蜂飞了出来，在井里绕了几圈，流连忘返一番后飞走了。

挖井人觉得闯了祸，目瞪口呆，无所适从。地理先生摇头叹息：可惜了，可惜了，一对蜜蜂飞上天，天机泄露，大地已破。

他对那个村民说，你爷爷还是压不住这穴地，这是命数，不过棺材还是可以下葬的，虽不能出人物，但可保平安。数百年来，这家人确实没有遇到过什么祸事，也没有出过什么人物。

当今一位地理先生评价这穴地说：“那位先生的道行比我高啊！其实这穴地并没有破。”

村民不解。他说：“平安，就是富贵。”

二十八　竹叶帽

他从大城市回到寨子里。他要去赶街，顺手在篱笆墙上，取下一顶竹叶帽背着出门。他妹妹把他拦下了。妹妹找来一把漂亮的阳伞说：“竹叶帽是老农民戴的，大哥只能打伞，不然人家会笑呢。”他说：

“我不害羞，我本来就是个老农民。”妹妹说：“你不是，你是能干（有身份的）人。”妹妹坚持不让他戴竹叶帽，他只好打着阳伞去赶街子。妹妹不知道，只有戴着竹叶帽走在河边小路，他才能听河底石头的呼噜声；只有戴着竹叶帽走在百姓的小街子上，他才能遮住苍白的脸。

二十九　鬼魂

进村的水沟边，一个狭长的地带，几棵巨大的核桃树挺拔而立。

深夜子时，若有雷雨，就有一个鬼魂，在树下独自转悠。他戴着锥形尖顶高帽子，形体修长，像踩着高跷，但看不见脸庞，或许根本没有脸庞。

有一天夜里，他刚好出来，就被过路人看见。瞬间，他遁入了地下，无影无踪。从此，那个鬼魂再也没有出来过，因为他是不能被人看见的，否则就不是纯粹孤独的鬼魂了。

据说，纯粹的鬼魂一旦被人看见，即刻孤芳尽失，孤心破碎。他的确见不得人，必须长眠于另一个世界了。他是谁？有人时刻想念他。

自从戴高帽子的鬼魂消失之后，那几颗大核桃树也枯死了。

三十　复活

复活者在他死去的瞬间，亲眼看见自己心中的那团光悄然暗淡，直到心里吹起满腔冷灰，但随后，那团光又奇迹般地明亮起来。

因为他听见，遥远的地方有哭声。循着哭声的方向，他走上了复活之路。他撕破一层层垂天的黑纸，又一层层缤纷的白纸。他踩着一朵莲花打转，那似乎是春风吹过深渊生出来的一个巨大的漩涡。

人们看见他大汗淋漓地呼吸，而他的眼神，似乎仍然封锁在春光里。他的脑袋，像一个粉红的花骨朵，被冻结在真空中不便绽放。

复活的路非常漫长。此刻，他正穿越梦中之春。在一座春山之麓，他建造了一座屋宇，门前有桃花流水，屋后有青草牛羊，屋里有诗书瓜果。就在这个春梦中，他停止了复活。因为再往前撕开一层幕幛，就到达了现实生活。况且，随着光阴流影的飘摇蹉跎，那呼唤他回去的哭声，早已停止。

三十一　种植

老农指着低头的谷穗对书生说："我耕田耙地，种植谷物；你在白纸上写字，种植语言。"

书生说："我被一句接一句的话语种在语言里，就像您被一茬接一茬的庄稼种在地里。"

老农说："总有一天，庄稼的铺盖会把我盖住。"

书生说："总有一天，风会把我吹来，躺在您的旁边。"

老农说："我现在要回寨子里去了，趁着太阳还在山腰。"

书生说："您回寨子去种植炊烟。我回城里去种植星星。"